meu
cant🐜
anuncia
🐜 verã🐜

PAULO DE TARSO FREITAS

meu canto anuncia o verão

ILUSTRAÇÕES DE
CAIO ALEGRE

Labrador

© Paulo de Tarso Freitas, 2025
Todos os direitos desta edição reservados à Editora Labrador.

Coordenação editorial PAMELA J. OLIVEIRA
Assistência editorial VANESSA NAGAYOSHI, LETICIA OLIVEIRA
Direção de arte e projeto gráfico AMANDA CHAGAS
Capa JOÃO SCHMITT
Diagramação VINICIUS TORQUATO
Preparação de texto MONIQUE PEDRA
Revisão IRACY BORGES
Consultoria editorial MÁRCIA LÍGIA GUIDIN
Imagens de miolo CAIO ALEGRE
Imagens de capa: cigarra: channarongsds; formiga 1: Aleksandar; formiga 2: shuttersport

Dados Internacionais de Catalogação na Publicação (CIP)
Jéssica de Oliveira Molinari - CRB-8/9852

FREITAS, PAULO DE TARSO
  Meu canto anuncia o verão / Paulo de Tarso Freitas; ilustrações de Caio Alegre.
  São Paulo : Labrador, 2025.
  64 p. : il.

  ISBN 978-65-5625-821-8

  1. Contos brasileiros I. Título II. Alegre, Caio

25-0580   CDD B869.3

Índice para catálogo sistemático:
1. Contos brasileiros

Labrador
Diretor-geral DANIEL PINSKY
Rua Dr. José Elias, 520, sala 1
Alto da Lapa | 05083-030 | São Paulo | SP
contato@editoralabrador.com.br | (11) 3641-7446
editoralabrador.com.br

A reprodução de qualquer parte desta obra é ilegal e configura uma apropriação indevida dos direitos intelectuais e patrimoniais do autor. A editora não é responsável pelo conteúdo deste livro.
Esta é uma obra de ficção. Qualquer semelhança com nomes, pessoas, fatos ou situações da vida real será mera coincidência.

Cigarra,
Feliz é você,
que sobre o leito de terra,
morre embriagada de luz.

– Federico García Lorca

Para todas as cigarras deste e de outros mundos.

SUMÁRIO

Preâmbulo
11

O sonho de uma discriminada
13

Amanhã será um novo dia
37

Meu canto anuncia o verão
49

Sinfonia estridulante
57

PREÂMBULO

Diferenciar, distinguir: aí é que mora a controvérsia. Tratar pessoas de forma diversa é conduta quase sempre fundada em preconceitos. E preconceitos, sob qualquer de suas formas, são sempre prejudiciais ao desenvolvimento de uma sociedade justa, igualitária e que pretenda ser democrática. Embora não perfeita, como toda produção humana — pois o homem não é perfeito —, a sociedade fundada em ideais democráticos como forma de governo, surgida no mundo clássico grego e desaparecida nas trevas da Idade Média, ressurge nas revoluções do século XVIII para ser apregoada até nossos dias por todos que acreditam na liberdade humana (sociedade constituída pelos que creem e os que não creem na liberdade).

"É mais fácil desintegrar um átomo do que um preconceito", dizia Einstein, e "quando uma atitude agressiva ocorre constantemente, as pessoas param de vê-la como errada", afirmava Hannah Arendt. Com efeito, como se costuma dizer quanto às mentiras: de tanto repetidas, acabam por ser consideradas verdades.

O juízo preconcebido (preconceito) é sempre convencionado entre pessoas que têm um olhar para o mundo de acordo com um ponto de vista singular e particular que, se submetido a uma análise mais profunda, revela-se sempre equivocado e distorcido.

Neste curto preâmbulo, como curtas as histórias que se seguem, são oportunas as palavras de um importante personagem da cultura brasileira: "todo preconceito é fruto da burrice, da ignorância, e qualquer atividade cultural contra preconceitos é válida" (Paulo Autran).

Inspirado pelas palavras de Einstein e Hannah Arendt, e encorajado pelo pensamento de Paulo Autran — um ator de grande relevância para a cultura brasileira, cuja geração está pouco a pouco nos deixando — apresento quatro breves contos. O primeiro, um pouco mais longo, encabeça esta obra, que não é uma harmonia musical, mas vamos denominar "tétrade". Uma pretensa "tétrade" na crença de que seja um "acorde" que venha somar como atividade cultural em contraposição à discriminação.

O SONHO DE UMA DISCRIMINADA

O sol, há pouco viva e colorida circunferência, desaparece no horizonte. Deixa, ao longe, onde nossa vista percebe o encontro do aparente infinito com o ilusório limite da terra, somente um clarão que aponta para o céu; este, como um raio de luz atrás de grande biombo, se apaga pouco a pouco até se dissipar por completo.

O entardecer nos saúda, e com ele vai embora a sinfonia das cigarras, que encerram suas últimas apresentações, cedendo o espaço cênico a outros músicos de outra orquestra, com novas melodias. Já estaria muito escuro, não fosse outro raio luminoso emitido por uma senhora, que admite São Jorge exibir-se com o cavalo em seu prateado território.

Concluído o primeiro espetáculo sinfônico, as cigarras, com corpos doloridos e gargantas irritadas, seguem enfim para merecido descanso.

Entre elas, uma em especial — vamos chamá-la de Ana Perena —, é hóspede de um velho carvalho e orgulhosa de residir nesse majestoso espécime da natureza. Esse carvalho, como gosta de contar, foi cenário de eventos históricos milenares, envolvendo ninfas, dríades, hamadríades, cujos espíritos por ele vagam durante as noites, inspirando-a em seus sonhos.

Oprimida pelas formigas durante todas as jornadas de trabalho, encontra quase sempre em seus devaneios, e somente neles, alívio e valorização pessoal. Assim fosse, suspira quase todas as manhãs, quando acorda ainda envolvida pelas aventuras vividas no reino de Morfeu.

Sempre, ao começar o dia, inspira o oxigênio puro da vida no bosque rico em carvalhos, jequitibás, jatobás... Inicia preparativos para o trabalho cotidiano, fazendo vocalises. Busca, com isso, garantir apresentações de apurada técnica e evitar eventual debilidade vocal no processo de adução das cordas vocais ou no fechamento glótico.

Nunca se esquece de limpar bem seus tímpanos, que por natureza a protegem do volume intenso de seu próprio *"bel canto"*. Sabe que precisa dar o máximo de rendimento à voz, pois o espetáculo sob sua responsabilidade é árduo e se prolonga de sol a sol. Essa é a ordem do dia.

Ultimamente, vê-se atormentada por vozes que ecoam de modo perturbador nos seus ouvidos: "Vai trabalhar, vagabunda! Vai trabalhar, vagabunda!".

Não pode ser, não é possível... é difamação... Sempre fui aplicada no meu fazer, reflete ela um tanto decepcionada.

Mas olha ela aí, após concluir sua apresentação artística de hoje, completamente exausta. Está agora em casa. Ah, doce lar! Coloca a partitura sobre uma mesinha no canto de seu pequeno espaço e despe-se do vestuário de sua personagem, ajeitando-o com todo carinho no armário. Estende a roupa de cama muito bem lavada e faz um cuidadoso alongamento nas pernas e nos braços. Em seguida, inspira profundamente duas ou três vezes, persigna-se e cai no leito. Ajeita-se e adormece. O que ouve agora são somente melodias belas e suaves que embalam seus sonhos.

Surgem, então, esvoaçando, as ninfas, dríades e hamadríades, que giram em torno do velho carvalho com zumbidos suaves, prontas a transportá-la para um mundo de deliciosas aventuras.

Improvisadamente, mas já em plena suspensão de todas as reações perceptivas e motoras, ouve sons de clarins que, sem removê-la desse estado, anunciam a chegada da rainha Clarinita à grande praça — majestosa figura em vestimentas de gala.

Montada em um imponente cavalo branco, com arreios, cabresto e peitorais prateados, a rainha mantém o tronco ereto sobre o selim inglês. É acompanhada por oficiais e soldados impecavelmente uniformizados: os oficiais vêm montados em belos cavalos escuros, com arreios de couro exuberante e polidos, e os soldados, a pé, marchando em uniformes de gala.

A monarca, elegante e altiva, em postura impecável de cavaleiro e sobrancelhas ameaçadoras no semblante sério, atira reluzentes olhares para os dois lados da rua principal, dissecando e investigando tudo o que está à sua volta. Com cuidado, procura inteirar-se, acima de tudo, do que fazem as formigas.

Estas, entre as mais astuciosas, acostumadas às inspeções monárquicas, saem de suas lojas em resposta aos sons do clarim e caminham até a grande praça, onde se aglomeram, formando um bloco representado pela competente chefe Chica Velhaca, como é conhecida.

Chica, precedentemente nomeada para tais incumbências de chefia de grupo — sobretudo em eventuais relacionamentos e diálogos com o governo —, posiciona-se à frente de suas colegas, todas aguardando a passagem do séquito imperial.

Quando se aproxima do grupo de formigas, a monarca freia o seu puro-sangue e topa de frente com Chica. Dá voz de comando aos seus militares.

— Alto! — diz ela.

Sem pestanejar e sem qualquer cerimônia, volta-se à Velhaca.

— Onde está o Preço? Por onde anda esse miserável? Esse maldito corruptor?

— Excelência, ele foi por ali, à direita. A senhora deve ir nesse sentido e depois tomar a primeira à direita e...

A imperatriz a interrompe:

— Você é uma grandessíssima mentirosa, Chica Velhaca! Tomar à direita, hein? Impostora! Está sempre protegendo aquele safado. Você é a grande culpada!

Sem perder a altivez, diz para si mesma: *Até eu já estou aterrorizada com o crescimento daquele miserável.*

E, retomando o diálogo com as formigas, prossegue:

— E, se não fosse aquele canalha, temos também sua fanática coadjuvante, a sem-vergonha da Inflação. Aonde ele vai, ela vai atrás. Se o canalha sobe, ela sobe! Mas vocês estejam atentas, hein! Vocês estão na minha listinha.

Passa, com os olhos, uma revista na chefe do grupo e vê uma bolsa cheia de mercadorias ao seu lado.
— O que você tem nessa bolsa, Chica Velhaca?
— Coisas sem importância, Majestade.
— Não me venha com conversa fiada. Você não tem talento pra isso. Você é muito espertinha pra meu gosto.
— São mercadorias para a venda.
— Venda, hein? Fora da loja... ou fase de preparação, hein? Elementos de plano de elaboração de algum projeto criminoso, hein? Espertinha. Não mando prender você porque se trata apenas de fase preparatória de crime, portanto, não prevista como ato punível pela lei; e, por ora, não tenho nenhuma prova de sua intenção. Mas, olha lá, olhos abertos, hein!

Dito isso, volta-se para a sua tropa e comanda:
— Marchem!

O séquito retoma movimento. Nos primeiros passos de deslocamento, porém, a monarca emite uma contraordem:
— Alto!

E dirige-se novamente à procuradora das formigas:
— Se descobrir a venda de drogas... — Faz um gesto imitando uma degola e, em seguida, comanda outra vez: — Marchem!

A marcha é retomada. Chica Velhaca, com os olhos esbugalhados, sentindo um frio na barriga e uma súbita taquicardia, passa a mão espalmada na parte anterior do pescoço. Deixa o queixo cair, mantendo a boca aberta como quem quer dizer alguma coisa, mas lhe falta força para tanto.

Por um momento, um murmúrio sufocado surge entre as formigas. A chefe se recompõe, olha para trás, certificando-se de que a rainha e seus acompanhantes já não podem mais ouvi-la. Endireita o corpo, estica o paletó e volta-se para os seus pares, fingindo dirigir-se à rainha:

— Vai firme, que baixaremos o preço... — grita, depois de certificar-se de que não será ouvida pela monarca. — Espere sentada. Dei a ele um chá de eucaliptol, e está crescendo como nunca! Mas isso, para eles lá, bem entendido. Para o nosso lado, ele vem pequenino e mansinho. Descobri a fórmula de um antídoto, e o usaremos de maneira eficaz quando for necessário. Vamos controlar tudo ao nosso modo!

E ela e seu grupo dão uma sarcástica gargalhada, mais parecendo um grupo de hienas.

Nesse momento, surgem na praça, sob o olhar de soslaio das formigas — que cospem no chão —, Ana Perena e um bando de cigarras, todas vestidas com camisas brancas, em cujas costas se lê em letras garrafais: "O povo unido jamais será vencido".

— Olha aí o bando de pés de chinelo, os "noia"!
— As que deram cria sem autorização!
— Sintam o cheiro!

Estas e outras frases ecoam pelo lado oposto onde está o bando das formigas.

— Senhora chefe, estamos precisando de eucaliptol — diz Ana Perena, aproximando-se, com seu grupo, das formigas.

— Ah! Vocês querem a poção mágica? — responde a Velhaca. E, voltando seu olhar às suas colegas, prossegue: — Elas querem eucaliptol! Ahhhhh! Vejam que interessante, elas querem a poção mágica...

Uma das cigarras do bando de Ana, não percebendo a irônica fala da Velhaca, extravasa o seu lamento:

— Não é mais possível vivermos assim. Seremos massacradas pela dupla. Precisamos crescer para enfrentá-los. Essa dupla não tem piedade de ninguém.

Velhaca gira a cabeça em direção aos seus pares:

— Ah ah ah ah! Elas serão massacradas... Que lindo esse pedaço... Coitada... Ah ah ah! — é seguida por seu bando, que repete em coro: "Ah ah ah!".

Voltando seu olhar às interlocutoras, diz:

— Eucaliptol acabou, sumiu do mapa... Entenderam? Não tem mais. Nossas fábricas encerraram suas atividades. Tornando a girar a cabeça para suas colegas, murmura:

— Mas olha que audácia da escória. Essas malcheirosas querem eucaliptol... Será que não se tocam? Eucaliptol é só para nosso uso, para controlar o Preço e a Inflação quando nos convém.

As formigas riem, e ela continua:

— Somente nós conseguimos importar os insumos. E a nossa mágica é sempre a mesma: quando a mercadoria chega, já sabem... spray nela... e o precinho vem baixinho, mansinho.

— Desse spray, ralé, vocês nunca sentirão nem o cheiro! Quando vendemos, a história é outra, Euca...

—...liptol — completa a turma, que ri com ela, causando espanto às cigarras, que não entendem a razão da caçoada. Velhaca, então, volta-se novamente para elas, firme e resoluta:

— E digo mais a vocês: na próxima vez, o Preço virá redobrado. Ou seja, só as pessoas com alto poder aquisitivo estarão em condições de comprar. Digo melhor: lé com lé, cré com cré. Se vocês quiserem, tenho à venda um chá, a bom preço, para que se acalmem. C'est la vie, plébéien. Quem pode pode; quem não pode se sacode. Os que têm condições crescem; os que não têm desaparecem! Na verdade, vocês não deveriam nem ter nascido. Esse é o problema. No entanto, vocês estão aí... Mas, cuidado! Há poucos minutos, passou por aqui uma tal com sua trupe. Ela quer pegar todo mundo: o Preço, a Inflação, de certa forma até o povo... e nós... sobretudo. Creio que vocês a conhecem, não?

— É, senhora Velhaca. Você está na sua. Se o Preço sobe, a senhora o ajuda a subir ainda mais. E a Inflação vai às alturas!

— Olha, querem saber de uma coisa? Estou despendendo muitas palavras com vocês... Nós, formigas, temos um lema: economizar sempre, inclusive nas palavras. Nosso negócio são as vendas, o resto é papo-furado. Estamos entendidos? Tem tutu, tem. Não mostrou grana suficiente: "Tó... uma banana pra vocês". Estamos na nossa.

Diante disso, Ana, como alguém que sente um grande peso nas costas, diz para si própria:

— E a nossa é aquela de sempre... encontrar forças para combater o Preço e a Inflação.

Depois de uma pequena pausa e profundo lamento, ela ouve algo de estranho.

— Estamos em perigo! Ouçam o som agudo do voo deles! Vamos sair rapidamente daqui.

Quase ao mesmo tempo que Ana e seu grupo fogem sem ser vistos, dois besouros escarlates negros pousam na praça. Ambos intoxicados pela ação do eucaliptol, a poção que os fez crescer muito mais que todos os habitantes do país.

O Preço e a Inflação, após o pouso e recém-chegados da rua oposta por onde fugiram as cigarras, postam-se eretos. Ele, dando ares de quem está acima de tudo, mantém as pálpebras levemente fechadas, a cabeça erguida e o olhar duro e de canto, não dissimulando a vontade interior de prevalecer sobre tudo e todos. Ela, imitando-o em tudo, de tal forma que provoca mal dissimulados risos de todos os que estão na praça.

— Caros amigos, tudo bem? — cumprimenta-os Velhaca. — Como vocês estão elegantes vestindo esses reluzentes hábitos escarlates negros, uma combinação que demonstra bom gosto e finesse. Você está lindo com essa sua postura elegante, senhor Preço. E muito linda, muito finesse, senhora Inflação. Vocês dois lembram um casal *big star*. Sempre fortes, sãos e altos, hein? Ação do nosso eucaliptol, hein?

A cada elogio, ambos se esticam tanto que parecem dois postes no meio da praça. O Preço atenua sua empáfia, mas sem quebrar a postura:
— Ainda bem que você reconhece, Velhaca. Mas seu excesso de palavras cansa minha beleza. Falaremos quando você tiver que renovar estoque...
Ele suspende a fala, troca um olhar de cumplicidade com a Inflação e completa, alto e mordaz, com olhos exageradamente abertos:
—Tudo estará sob meu controle! — diz, e relincha como um cavalo.
—Tudo sob meu controle! — repete a Inflação no mesmo tom, como se fosse um papagaio, imitando-o também na postura.
— Meu caro Preço, meu louvadíssimo camarada... — inicia Velhaca.
O Preço, diante dessa saudação, lança-lhe um olhar que a faz hesitar. Tentando corrigir o rumo, ela emenda:
— Rei dos reis, o maior, o mais simpático, o mais belo entre os belos!
Ela interrompe, triunfante por um momento, quando percebe gestos presunçosos do Preço a cada uma de suas palavras, e continua:
— Alteza! Eminência! Excelência! Não vai dar uma abaixadinha aqui pra nós, velho e fiel amigo? — pergunta Velhaca, voltando-se para os seus com uma voz baixa, sem ser ouvida pelos besouros: — Se não vier com sua estatura natural, temos um *spray* mágico preparadinho para você e para

essa sua folgada!... Ha! Ha! Ha!... — e seu bando em coro, acompanha: "Ha! Ha! Ha!".
— Vocês riram de alguma coisa? — pergunta o Preço, desconfiado.
— Não, não — responde Velhaca. — Estou apenas dizendo às minhas amigas que nunca fui tão sincera na minha vida!
— As suas bajulações me agradam! — diz o Preço, enquanto subtrai mercadoria da bolsa ao lado da chefe de Grupo, diante de impotente olhar de desaprovação. — De certa forma...
E, sem reação das formigas, que preferem, por ora, não se alterar com a dupla, continua rapinando mercadorias e passando-as para sua colega, zurrando como uma mula, colocando cada objeto do sequestro dentro da baranga planadora que trouxeram, puxada por um cabo, e repete:
— De certa forma.
— Pensando melhor, vamos ver o que podemos fazer — continua o Preço, concentrado na sua rapina.
Impaciente, a chefe das vendilhonas, entendendo que por ora não é oportuno aplicar o antídoto, fecha a sacola com gestos rápidos, interrompendo o saque. O Preço se vira para sua colega com uma risadinha entre os dentes e diz:
— Satisfeita? — a Inflação responde com gesto mecânico de afirmação, quando ele intervém:
— Pois eu ainda não! Estava quase me esquecendo... Eucaliptol!

A delegada das formigas, contrariada, entrega-lhe uma pequena garrafa. O Preço aferra-a engolindo a saliva, *gup gup*, e mostra-a, sempre com aquela petulante risadinha à sua colega, que o imita em todos os detalhes, e a quem oferece um trago.

— É a última. Economizem. Não sobrou mais nenhuma na nossa drogaria.

Prontos para a decolagem, os dois iniciam o taxiamento, alinhando-se no centro da pista. Em seguida, decolam, para alívio de todas as formigas. Eles viram à direita para evitar o eixo de decolagem, e agora o casal não vê mais o que acontece na praça.

Nesse momento, avizinham-se do local onde ocorrem esses fatos Massimo Quattrocchi, o proprietário, e o administrador do circo instalado do lado contrário, ambos já conhecidos de todos.

— Daqui a pouco lhes proporcionarei um grande espetáculo, tão certo como eu me chamo Quattrocchi Massimo. Mas quero que tudo esteja bem organizado. *Full House*. Dinheiro a jorrar pelo ladrão. Olha lá, hein! Atento à bilheteria.

— Deixa comigo, patrão! Grande Quattrocchi. Vou deixar tudo em ordem. Nenhuma entrada de favor. Ninguém entrará de graça. Contratei dois para cuidar de eventuais penetras: o Preço e a Inflação.

— Não exagerou um pouco, não? Melhor que não fosse tão rígido. Não encontrou outros, digamos assim, um pouco mais suaves?

— Nesta cidade, somente quem cresce é o Preço e a Inflação. Vamos aproveitar esta oportunidade.

— Veja bem, Fritelli, eu não quero nenhuma encrenca com o governo. Eles já são duros com a censura, e isso me deixa fulo de raiva. Não quero mais problemas com essa gente.

— Deixa comigo. Já estou sabendo que a turma do Palácio não vai fazer ronda por lá.

Quattrocchi dá uma boa inspirada de ar e, sentindo-se livre e sem problemas, diz:

— Os meus espetáculos são sempre dignos de triunfo total. E financeiros, óbvio... São os melhores de todos os tempos. Como eu, não há ninguém no mundo.

— Realmente, realmente, Grande Quattrocchi — exclama a chefe das formigas, que estava atenta ao que ele dizia. E, baixando o volume de voz para não ser ouvida, volta-se para suas colegas: — Com o Preço e sua companheira, não vamos pôr os pés naquela onça... O nosso negócio são as vendas, o resto é paisagem.

— A senhora disse alguma coisa?

— Não, grande Quattrocchi. Estava só comentando sua grandeza aqui com minhas colegas. O nosso negócio são as vendas...

— Eu sei, eu sei... — interrompe Quattrocchi. — O resto é paisagem. A senhora é muito esperta. Mas, mudando de assunto, quando e quanto devemos pagar pelo nosso café da manhã? Saímos do seu restaurante com certa pressa e disse ao garçom que pagaríamos mais tarde.

— São somente cento e cinquenta.

— O quê? Cento e cinquenta por aquela...?

— Calma, Fritelli. Ela sabe valorizar o seu trabalho e, assim, vamos pagar-lhe com bilhete para o espetáculo de hoje. Primeira fila. Ela deve se lembrar do nosso acordo. Somos amigos, não?

Quattrocchi faz um gesto para que Fritelli se contenha:

— Está aqui o bilhete de ingresso. Divirta-se.

— Bravo, *padrone*. Boa decisão! — e, sem ser ouvido, sussurra para Quattrocchi: — Eh! Eh! Eh! Não havia pensado nisso.

Enquanto isso chefona, com a mesma postura, sussurra sem ser ouvida:

— Melhor um mau negócio do que dívida não paga! Esses... — interrompe seu murmúrio. — Atenção! Em boca calada não entra mosquito.

— Prepare-se, dona Chica, para o melhor espetáculo que seus olhos de lince jamais viram na sua vida. E isso, aqui pra nós... — faz uma pose de falsa modéstia, porém com orgulho indisfarçável, e, mudando o tom de voz, declara: — Graças aos meus artistas, os mais bem pagos do mundo.

Fritelli mal reprime um suspiro, demonstrando ter um nó na garganta:

— Salários de faz de conta, o correspondente, a grana... esta não a vemos há muito tempo.

Conversa vai, conversa vem, e todos se encaminham para a entrada do circo. Ao mesmo tempo que se aproximam da porta de lona, uma parada composta de veículos e artistas, palhaços rolando pelos carros alegóricos, sarabandas, marionetistas, posturas e movimentos acrobáticos, animais de circo entram todos na praça. Tudo ao som de instrumentos de percussão ritmados e vibrantes, após demonstrações nas ruas da cidade.

Atrás da passeata, cantando e bailando, chegam Ana Perena e sua turma. Param em frente ao circo e observam o reingresso organizado dos artistas e outros componentes.

As cigarras, até aquele momento, felizes pela expectativa de assistir ao espetáculo, permanecem na frente do pavilhão. Repentinamente, se desencantam e começam a lamentar-se como se fossem instrumentos a ralentar o ritmo com notas graves, emitidas em adágio com notas sérias. O lamento desvanece até se perder num silêncio sombrio, triste e fúnebre. Nesse momento, uma delas desabafa com uma voz profunda e grave.

— O Preço!

— Tive uma ideia — diz Ana, sussurrando confidencialmente ao seu grupo.

— Na mosca! — respondem todas a um só tempo, retirando-se do local.

Ao mesmo tempo que as cigarras saem da praça a caminho de suas casas, reaparece a monarca, que se detém defronte às formigas, ainda reunidas ali.

— Fui informada de que vocês e o proprietário do circo fizeram um pacto para aumentar o preço das mercadorias. O que têm a dizer? Olha que não estou

de brincadeira. É melhor falar agora, porque, caso contrário, será tarde demais.
— Nós, Excelência? Nunca. Estamos entabulando uma agenda para decidir sobre o Preço e, com isso, remover a Inflação.
— E que história é essa do tráfico ilegal de eucaliptol para aqueles dois sem-vergonhas?
— Disso não sabemos nada, Excelência. Só fazemos as coisas dentro da lei. Eucaliptol, somente com receita médica.
— Só com receita médica, é...? A polícia já está investigando esse assunto. Preparem-se para o pior.
Dito isso, a monarca ordena ao séquito:
— Em frente marchem!
Quattrocchi aparece na entrada do circo, com a intenção de sair, mas quando vê a comitiva desaparece de novo para dentro do circo.

*

Na noite dos sonhos, a escuridão já tomou conta de tudo. Apenas alguns latidos ou uivos de cães vira-latas vagando pelas ruas, o canto insistente de grilos e os sons que se misturam a bate-papos nas tavernas ou nas esquinas iluminadas.
Alguns espectadores, entre eles Velhaca, com seu bilhete especial, já começaram a chegar para a noitada circense. Um a um, passam pelo bilheteiro, sob o exame minucioso do Preço e da Inflação. Estes, posicionados na frente do pavilhão, lançam olhares

inquisidores, que parecem engolir cada um da fila, dos pés à cabeça.

Verificam se os bilhetes foram devidamente picotados pelo bilheteiro e se os ingressos comprados com antecedência foram objeto de prenotação correta, com valores atualizados. Ninguém entra sem pagar o preço reajustado — bem entendido.

Todos se lamentam da Inflação e desse controle arbitrário. Não havia essa condição quando fizeram a compra.

— Isso é um abuso! Se soubesse não teria comprado.

— É, mas estamos aqui!

— Onde já se viu? Remarcar preços até de bilhetes comprados com antecedência!

— Atualização diária de preços em tudo. Isso é demais — ecoam pela fila toda.

— Quem não passou pela bilheteria para a remarcação, saia desta fila — é o que diz a dupla de controladores às pessoas que, pela expressão, trazem um gosto amargo na boca, provavelmente por aqueles gestos de demonstração de força física dos olhares de ave de rapina.

— Esta caterva me embrulha o estômago! É indigna de permanecer viva! O mundo, dentro de poucos anos, será depurado racialmente. Seremos todos de cor escarlate negra. Venceremos! Viva o quinto *Reich!* — diz o Preço à Inflação, que repete:

— Venceremos! Viva o quinto Reich!

Enquanto ocorre esse evento, Ana Perena, muito descontente e retomando a ideia que lhe passara pela cabeça, aproveita a ida da Chica ao circo. Convoca duas colegas, e as três partem em direção ao grande depósito das formigas.

— Me ajuda. Isso, assim. Com isso posso alcançar aquela janela.

Uma serve de escada à outra e Ana vai para o topo, apoiada com os pés no ombro da segunda até alcançar a altura esperada.

— Olha que a gente vai se estrepar, Ana!
— Deixa comigo. A janela está semiaberta.
— Ana, ainda é tempo, vamos dar o fora daqui. Isso não é empreitada para nós.
— Calma. Vou entrar.

Dizendo isso, Ana some lá dentro do depósito, enquanto as colegas esperam, impacientes, investigando ambos os lados para ver se não são vistas. Perscrutam tudo e, por vezes, voltam o olhar para a janela. Esfregam as mãos como se estivessem tiritando de frio, até que divisam a aproximação do guarda noturno da rua. Os corações disparam: não sabem o que fazer.

Nesse instante, Ana reaparece. Diante dos sinais das duas, nota que há algo de errado e some outra vez.

— O que estão fazendo por aqui a estas horas?
— Es-ta-mos... es-pe-ran-do... a Ana, vamos ao circo.

O segurança, um homem gordo, de grandes bigodes e um tanto desmazelado, com a farda aberta no peito, quase estourando, aproxima-se girando um cassetete. Como um oficial passando em revista seus soldados, examina as duas cigarras, procurando dar a impressão de que nada escapa de seu controle.

— Ué! Carolina! Nunca vi você gaguejando assim?

— É... é... é que estou sentindo um friozinho... Este vestido...!

— Coisa de louco. Cigarra indo ao circo! Esse mundo está mesmo virado de ponta-cabeça. Ha! Globalização!

Volta a girar o cassetete, ensaia uns passos de carnaval, e segue, afastando-se aos poucos dali, cantando a marchinha de carnaval do ano:

Feliz cigarra cantadeira
Canta a vida sem parar
Quem canta a vida inteira
De cor azul é seu sonhar

As duas soltam um suspiro, botando a mão no peito ao mesmo tempo, como se tivessem ensaiado o gesto, e dizem às costas do segurança:

— Feliz? Só nas letras de canção de carnaval.

O guarda se volta, sem se deter, dá uma piscada e continua cantando...

Terminado o impasse, com o segurança já distante, a dupla que ficou de vigia pede, em sussurros, para Ana descer logo. Refazem a escada humana. Uma apoiando-se no ombro da outra, e, num instante, ela já está de volta ao chão.

— Encontrei — diz Ana.

As duas, seguras, dizem ao mesmo tempo:
— Eucaliptol!
— Não. Eucaliptol, não. O an-tí-do-to! Olha aqui — responde Ana, mostrando o *spray* em uma de suas mãos. Isso é melhor para nós. Vamos ao Circo.

Minutos depois, as três já estão diante da dupla escarlate negra, que examina todos os ângulos e lança um olhar de carcará contra elas.

— Xô! Fora daqui! Não se atrevam a chegar aqui perto. Vocês estão com sorte porque não podemos abandonar nossos postos de guarda. Caso contrário, suas famílias já estariam preparando seus caixões. Vocês não se tocam? Ainda não reconheceram sua condição? Lé com lé, cré com cré... Xô! Fora daqui! — deprecia o Preço, com sua voz anasalada, relinchando em seguida.

— Xô! Fora daqui! Vocês não se tocam? Ainda não reconheceram sua condição? Lé com lé, cré com cré... Xô! Fora daqui — repete a Inflação, procurando imitar em tudo o Preço, até na expressão facial.

— Nós temos os bilhetes. Olha aqui — mostra Ana, procurando uma distância longe do alcance da dupla.

— São os bilhetes verdes. Vocês perderam o prazo. Esses não servem nem para remarcar. Dançaram. Xô! Fora daqui, bastardas. Fora daqui, caterva!

Ana tenta chegar um pouco mais perto com o *spray* na mão, mas a dupla a ameaça com cassetetes. Ana faz que vai, mas não vai, e cochicha algo para as colegas. Em seguida, elas correm para a direita, querendo avizinhar-se da entrada pelo lado oposto, procurando atrair a dupla para esse lado.

A dupla só finge correr atrás das duas e retoma rapidamente o controle da retaguarda. Ana, com isso, não consegue ir mais adiante e é ameaçada. Nesse momento, as colegas de Ana fustigam outra vez, como se quisessem chegar mais próximo da entrada.

Quando os escarlates giram para o lado oposto, diante da investida, Ana consegue esconder-se atrás de um latão de lixo acomodado ao lado da guarita dos porteiros e, pouco a pouco, vai empurrando o latão, de modo que ele fique mais perto do posto de guarda.

A guarda, que não se move nada além de dois ou três passos da guarita, volta o olhar para a retaguarda. Nada. Ninguém...

— Onde está a outra? Onde está a outra?

Com essa confusão de um lado e de outro e o crescente barulho, a equipe administrativa circense sai para ver o que está acontecendo. Em seguida, todos os que estavam na plateia também saem.

— Que bagunça é essa?! O espetáculo vai começar dentro de poucos minutos e teremos apresentações que precisam de silêncio absoluto! Eu quero silêncio absoluto, tão certo como me chamo Quattrocchi Massimo!

Essa nova cena na entrada faz com que Preço e Inflação se descuidem, e Ana aproveita a oportunidade para aproximar-se. Aperta o jato do *spray*. Inflação e Preço arregalam os olhos, e das bocas e orelhas sai uma fumaça escura.

— Nos acertaram. É o antídoto! Aaaaaaaaaaaaah! E começam a se encolher, transformando-se, em segundos, nas criaturas mais débeis e pequenas de todas as que estão em volta.

Todos riem das duas figuras anãs, que se sentem nuas perante todos. Chica, sem pestanejar, aponta o dedo para Ana.

— Pega, que é ladrão. Pega ladrão! Roubaram meu depósito! — E corre atrás de Ana, que tenta desvencilhar-se da formiga.

As pessoas, rindo, começam a se olhar sem compreender aquela perseguição.

— Mas que confusão é essa? Ana, ladra...? Não é possível! — As expressões crescem no meio do aglomerado.

No auge dessa balbúrdia, aparece na praça a monarca e seu séquito. A rainha, vendo a condição do Preço e da Inflação, tenta disfarçar um incontrolável riso e dá uma ordem ao corneteiro para o toque de comando.

Ao som do instrumento militar e diante da presença da rainha, todos se retesam em posição de sentido. Como se fosse uma máquina de paralisar, àquele comando, permanecem em pé, até mesmo Chica, desajeitada no dissimulado respeito; e Ana, que corria em volta do latão de lixo, perseguida pela primeira. Outro toque de clarim, e todos se curvam em respeitoso cumprimento.

— O que acontece por aqui? Preço, Inflação, Quattrocchi, Administrador e Chica, vocês estão todos detidos para prestar esclarecimentos. Já estou sabendo de toda essa história. Venda de drogas ilegais, aumento ilegal de preços...

— Majestade, eu sou inocente. Na verdade, sou vítima. Fui roubada por essa coisa aí — diz Chica, apontando o indicador para Ana.

— Majestade, confesso — diz Ana. — É verdade, sim. Peguei o antídoto no depósito dessa espertalhona. Mas agi assim, Majestade, para deter esses dois maldosos e reduzi-los a esse estado aí. Creio que todos aqui, até algumas entre as vendilhonas, queriam o fim desta situação inaceitável — declara apontando para o Preço e a Inflação.

Todos os presentes, salvo os detidos, manifestam concordância, batendo palmas como se estivessem diante da maior celebridade da região. "Bravo! Bravo! Bravo!", completando o gesto de falsa modéstia de Ana.

— Silêncio. Muito bem, Ana! — diz a monarca, antes de continuar: — Você agiu bem e acabou facilitando meu trabalho. No entanto, estou sob a lei, como qualquer pessoa do povo, seja a mais poderosa ou a mais destituída de recursos. Nosso regime é parlamentar e democrático, e você deverá ser submetida a interrogatório. Não posso desobedecer à lei. Mas estou segura de que seu ato será reconhecido como passível de exclusão de culpabilidade. Administrativamente, no entanto, e nessa área comando eu, você será condecorada com a cruz de ouro!

O aplauso é geral. A rainha pede silêncio e continua:

— E vocês, povo de nossa adorada pátria, se consideram minha visita um prêmio, declaro que todos são ampla e plenamente merecedores. Digo isso com profunda emoção, como tribuno irresistível da intervenção popular. Viva Ana Perena!

— Viva!

— Viva a rainha! — diz Ana.

Um sonoro viva ecoa por toda a praça.

Esse eco, o luar que se desmancha ao reflexo dos raios do sol nascente e o canto dos pássaros anunciando a aurora induzem Ana a pular da cama e iniciar sua rotina habitual: preparar-se para a sinfonia diária, via *Vocalise,* opus 34, número 14, de Rachmaninoff.

Tudo muito entonado, mas não deixa de exclamar, com o peso dentro do peito: *"illusione, illusione, dolce e vana chimera sei tu...* Foi um sonho, minha gente!".

AMANHÃ SERÁ UM NOVO DIA

Lá bem longe, onde, no imaginário das lendas, o Céu encontra a Terra bem no alto da montanha dos sonhos, em um dos ramos do frondoso emaranhado de madeira do jequitibá (apelidado por todos de gigante da floresta), uma velha casinha balança, agarrada a um de seus galhos.

É a obra-prima de um tal João que, como também o seu engenho, é de barro: João de Barro, um dos grandes arquitetos das matas.

Na velha casinha, abandonada há muitos e muitos anos pelo proprietário construtor, encontra-se uma sem-teto, uma invasora sem qualquer conotação política. De grandes e afastados olhos, muito famosa nos verões pelo seu áspero, agudo e rude estridular. É conhecida também, no mundo das lendas, pelo seu vagabundear. Por ora, ainda está livre de um mandado de reintegração de posse. Até quando, não sabe.

— Amanhã — suspira. — Amanhã será outro dia. Vivamos o presente!

É ela mesma. Aquela a quem as formigas mandaram dançar, a despeito de estar esfomeada, à morte, num inverno rigoroso após dramático pedido de um pedaço de pão. Seu canto não lhe trouxera recursos? Ora, pois, que dançasse à procura de alimento.

"Comida aqui é para quem trabalhou e armazenou" foi a frase final do curto e grosso decreto. Pois é. É ela mesma. A cigarra...

Espreguiçando-se à porta da romântica obra arquitetônica (agora, no seu entender, sua "legítima" propriedade, tendo em vista possível usucapião) inspira-se — como jamais lhe ocorrera logo após um sono profundo e reparador — diante de um novo e radiante dia.

Resolve trabalhar! Trabalhar como e com as formigas. Trabalhar, a seu ver, já o fazia. Mas seu trabalho era um fazer artístico que, embora realizado com carinho e amor, infelizmente era bastante desvalorizado. E assim, movida por um estranho e heroico impulso, resolve partir para o país das famosas trabalhadeiras.

— De agora em diante vou auxiliar as formigas nos seus mais úteis e demandados empreendimentos, nas lavouras, nas indústrias, no comércio, onde quer que seja. Vou trabalhar. Vou produzir— e assim, murmurando, vibra com sua nova ideia, sem considerar a inexperiência naquele mundo agitado das produções, da economia, das finanças.

Dobra toda sua roupa, coloca-a num saquinho, mete-o nas costas, segurando-o com uma das mãos pela ponta, e começa a caminhar...

Caminha, caminha, caminha, por entre bosques e florestas, montanhas e planícies, debaixo de chuva e sol, por estreitas picadas e estradas, ora estreitas, ora largas, poeirentas ou asfaltadas, e, na maioria das vezes, esburacadas.

Depois de longa e árdua caminhada, chega ao palácio das laboriosas e econômicas himenópteras. Um curioso palácio que, em vez de erguer-se para as alturas é, ao contrário, totalmente voltado para as profundezas.

Qual será seu tamanho, o número de cômodos, aposentos e outras utilidades e comodidades? Não tem nem janelas para que se possa fazer uma estimativa!, indaga-se exausta a viajante. Suspira como quem concluiu um longo e pesado trabalho e dirige-se ao grande portão de entrada.

— Seu guarda. Desculpe-me o atrevimento, mas venho de muito longe. Andei por caminhos perigosos, enfrentei duras dificuldades por muitos e muitos dias, com um único propósito...

Deixa por um instante a fala suspensa, de cabeça baixa, revelando a clara intenção de mostrar-se reverente. E ergue apenas os olhos para verificar a reação do gigante soldado que, com o mosquete ao ombro, permanece imóvel. Sem dizer uma só palavra, o guarda move os olhos para a direita, indicando que ela deve dirigir-se ao soldado do lado oposto.

Não entendendo o gesto, conclui, ainda toda cerimoniosa:

— ... o de conseguir audiência com Sua Majestade, senhora rainha formiga...

O soldado não responde, limitando-se ao insistente movimento de olhos para a direita. Ela nota a intenção, embora sem entender: Por que o militar prefere o silêncio? Dirige-se, então, ao outro guarda e repete:

— Seu guarda. Desculpe-me o atrevimento e audácia, mas venho de muito longe, andando por caminhos perigosos, enfrentando as mais duras dificuldades por muitos e muitos dias, com um único propósito: conseguir uma audiência com Sua Majestade, a rainha.

Diante do olhar ameaçador do novo personagem à sua palavra, ela baixa a cabeça, mas ergue os olhos, como o fizera com o primeiro soldado:

— Seria isso possível?

— Nem em sonho — responde, ríspido, o Soldado Porteiro.

— Mas, senhor!

— Quem és tu, pobre vivente? — e resmunga para si mesmo gesticulando com os dedos, como se enumerasse as palavras: — Quem... (uma), és... (duas), tu... (três), pobre... (quatro), vivente... (cinco); gastei cinco palavras com este espantalho. Não abro mais a boca, nem em sonho.

— Mas, senhor porteiro — insiste a cigarra, interrompida pelo militar arrogante.

— Nem em sonho, já disse. Não se enxerga, sua mísera pobretona? — E, voltando-lhe as costas, caminha de volta ao seu posto.

Duas lágrimas deslizam dos grandes olhos esgazeados para as faces da peregrina, até chegarem aos cantos de sua boca, provocando-lhe amargo gosto. Com o olhar fixo e a cabeça inclinada, sente perder o fôlego, tamanha a desilusão. Trazia consigo grande esperança e otimismo, mas agora está diante de exasperada negativa. Gosto e sentido se misturam, acentuando o amargor.

— Pois é! A rainha deve ser grande em seus gestos e atitudes. Mas não é fácil chegar a ela, ser ouvida por ela — resmunga.

Então, joga o saquinho de roupas, que ainda há pouco carregava às costas, junto à parede do palácio — um palácio que, como já notara, cresce para baixo. Assenta-se ao lado, apoiando o queixo com ambas as mãos, e começa a refletir, refletir e refletir... E nessa posição, adormece.

De repente, vê-se diante da rainha, que ostenta cetro e uma coroa de brilhantes e traja um manto branco, no qual cintilam cores e mais cores, tão suaves e encantadoras que, quem tem o privilégio de contemplá-las, sente-se transportado a um mundo fantástico, lendário, tal é o esplendor. E o rosto da monarca? Níveo como a lua, resplandecente como manhãs de sol, irradiando serenidade. Uma figura digna da filha de Zeus e de Medeia, a Atena dos gregos, a Minerva dos romanos.

A verdadeira deusa caminha soberba, observando com rigorosa atenção cada folha e flor de seu imenso jardim palaciano. Colhe algumas das flores situadas nas pontas dos ramos, que lhe chegam às mãos sem que precise fazer qualquer esforço.

Sentindo a presença da simpática intrusa, a monarca a interroga com doce voz:

— Que fazes aqui, dona cigarra?

Quase despencando, com uma tontura repentina, a cigarra responde, confusa:

— Eu? Ahn! Quem... Eu?... Não sei!... Eu?... Eu estava ali... Agora estou aqui... Eu?...

A gentil senhora, percebendo o embaraço da visitante, mantém a voz branda e procura serená-la:

— Não tenhas medo, podes responder! Acaso desejas algumas flores? Podes levar quantas quiseres.

— Muito obrigada, isto é, muito agradecida... Não, não, muito encantada... Ai, Meu Deus! Acho que estou me sentindo mal...

— Não temas, já disse. Podes pedir o que desejares e, se estiver ao meu alcance, farei de tudo para ajudar-te.

A cigarra, como que envolvida por um encanto, esboça um grande sorriso. Aliviada do peso que parecia carregar em suas costas, respira fundo e finalmente diz:

— Ele me disse "nem em sonho". E eu... agora estou aqui? Não acredito! — Após pequena pausa, arrisca: — Sabe, Majestade, eu... eu queria trabalhar... trabalhar no seu reino.

— Ora, isso é muito fácil. Vou resolver tudo num instante. Quer ver? — responde a rainha com firmeza e, em seguida, com voz firme e autoritária, chama: — Guardas!

— Meu Deus! Nossa Senhora! Não, Majestade! Não faça isso, por favor. Não me leve a mal. Eu estava ali... Ele me disse "nem em sonho..."

— Não tema, eu já disse. Olha que eu posso ficar zangada — diz em tom de gracejo.

Em um instante, aparecem dois formigões impecavelmente fardados, espadas embainhadas, que dizem em coro:

— Às suas excelsas ordens, Majestade.

— Levem a dona cigarra a Sua Alteza, o Visconde das Administrações e Pessoal e digam-lhe que a empregue como aprendiz. Qualquer dúvida, que falem comigo.

— Mas Excelência, isto é, Majestade... ou melhor... eu... eu disse...

— Não se preocupe, dona cigarra. Sinto não poder mais continuar nossa conversa. Adeus.

Dizendo isso, a passos elegantes e macios, como quem mal toca os pés no chão, a rainha adentra Palácio. O único som que se ouve é o suave fru-fru da cauda de seu vestido, movendo-se delicadamente.

*

Passam-se dias e meses, e eis dona cigarra em pleno trabalho entre os palacianos, sob a chefia de uma esguia e sisuda formiguinha. Uma do tipo "lava-pés", talvez.

Sentia até horríveis comichões quando tinha que falar com ela ou prestar-lhe contas. Era ela um verdadeiro algoz, e tinha propagado aos quatro ventos o peso que sustentava em seu departamento... Ela, uma funcionária séria, de alta responsabilidade e categoria, ter sob suas "rédeas" uma enjeitada que só onera os custos de seu eficiente e produtivo setor. De quando em quando, resmunga pelos salões, raivosa:

— Nem bem chegou, a estridulante já começa a dar prejuízos! Ingênua. Essa Zefa Patega, do mais baixo escalão social, não tem direito nem de viver...

E por vezes sussurrava:

— Faço você virar pó, campônia simplória...

Em outras ocasiões, com humor oscilante, abraça seu computador com a máxima ternura, murmurando:

— Ah! Se pudéssemos ficar sozinhos, somente nós dois, que belo seria! Ninguém superaria meus relatórios. Apresentaria os mais baixos custos do império. Que lindo seria! Te amo, adorado!

Em novas oportunidades, aproximando-se por trás da cigarra, diz baixo, procurando esconder a origem do som:

— Seu erro é indelével. Artista? Pois sim!

— Isto aqui é um OR-GA-NO-GRAMA, cara cigarra. Entendeu? Eu estou aqui em cima e você está lá embaixo, no último plano. Entendeu?

Resmungando, num sussurro raivoso, por entre dentes cerrados, corrige:

— Não gosto desse tratamento, "você". "Tu" também não é hostil o suficiente. Eu quero a-gre-di-la!

Com a rainha você não falará nunca mais, pensa enfática. *Nosso time é ardiloso. Somos uma união de chefes dos departamentos, minha cara, e sabemos de tudo. Quem manda aqui sou eu.*

A terrível "lava-pés" não quer saber, de jeito nenhum, da cigarra e maquina planos diabólicos para enxotá-la do palácio, sem dar a mínima atenção aos que tentam defendê-la e que lamentam:

— Ela só quer servir, nada mais. Dá uma chance a ela.

Quanto mais útil tenta ser, mais a pobre se atrapalha, sucumbindo à falta de paciência da "alta e eficiente chefe" (que, como a "comandante", gosta de se autopromover).

E falha. Não consegue realizar nada de concreto, esmagada pela indignidade das constantes repreensões, por isso, cada vez mais se sente imprestável.

Por vezes a megera delega-lhe alguma atividade mais importante, fazendo-a sentir-se feliz e confiante, para, em seguida, destruir sua ilusão, transferindo aquela tarefa a outros funcionários, rindo entre dentes do desapontamento da humilhada.

No entanto, a dedicação e boa vontade da pobre vítima são surpreendentes, o que, por contraste, vira alvo de observações da ditadora:

— Cadê sua escolaridade? He! He! He! Sabe quando você vai entrar em nossas escolas? He! He! He! Você não tem nível! Quem nasceu pra ser tostão... He! He! He! Vamos derrubar essa história de cotas... — outras vezes balbucia entre dentes para não ser ouvida: — O que nós queremos é arrancar esse número excessivo de pelos de sua cabeça, antes de chutar, definitivamente, seu traseiro, cara "amiga". Amiga, pois sim.

— Padronização, entendeu? Roupa, corte de cabelo, sapatos, todo mundo igual. Se você aparentar mais saúde do que nós, já sabe... Você almoça em nosso restaurante, na parte destinada à terceira categoria, bem entendido... toma nosso café, Ah! Ah! Ah!...

Com o passar do tempo, a execração se alastra e pouco a pouco a enjeitada perde seus parcos defensores. Pelos salões por onde a aprendiz passa ressoam murmúrios:

— Aqui ninguém quer essa estridulante.
— Ela não atenderá nunca nossos padrões.
— Olha a cor de seus cabelos!

As vozes ressoam nos seus ouvidos, sente-se cada vez mais desamparada e só. Não pode recorrer a ninguém. Não tem nenhum canal. Sussurros, por onde passa, são cada vez mais frequentes e insinuantes:

— Dá carta de demissão, a rainha não sentirá nem o cheiro.

Pressões e mais pressões, desrespeito à sua dignidade, desprezo, ódio — tudo de ruim. Sofre diariamente e já começa a intuir, com certeza, um plano diabólico. Um plano eficiente e organizado por gente escolada na maldade.

As coisas pioram dia a dia para ela até que... até que, certo dia, cinzento e frio, alguém lhe diz:

— Fora daqui. Você não pode permanecer mais nenhum instante neste lugar. Fora!

— Não, não pode ser — assusta-se ela, sentindo-se a mais desprezível sobre a Terra. Seu coração começa a acelerar. Algumas pontadas no peito exercem tal pressão que parece ser empurrada para trás. *O que aconteceu comigo? Vou morrer?! O que está acontecendo?*

— Vamos circulando, vamos circulando. A senhora não pode permanecer sentada aqui — exaspera-se o soldado porteiro, cutucando-a com um bastão.

Ergue-se vagarosamente, com os sobrolhos levantados, testa franzida, cantos da boca descaídos; os grandes olhos orvalhados voltam-se para o guarda palaciano. Represa uma vontade imensa de chorar, baixa a cabeça e começa a se afastar.

Um dia voltarei, voltarei como vocês jamais viram, pensa, ainda atordoada pelo pesadelo. Já distante alguns metros do local, mal ouve o guarda que a chama:

— Senhora, senhora, o saquinho.

A cigarra nada responde, sequer volta seu olhar para trás, caminhando a passos lentos, para desaparecer pela comprida rua do castelo cujo fim não consegue enxergar...

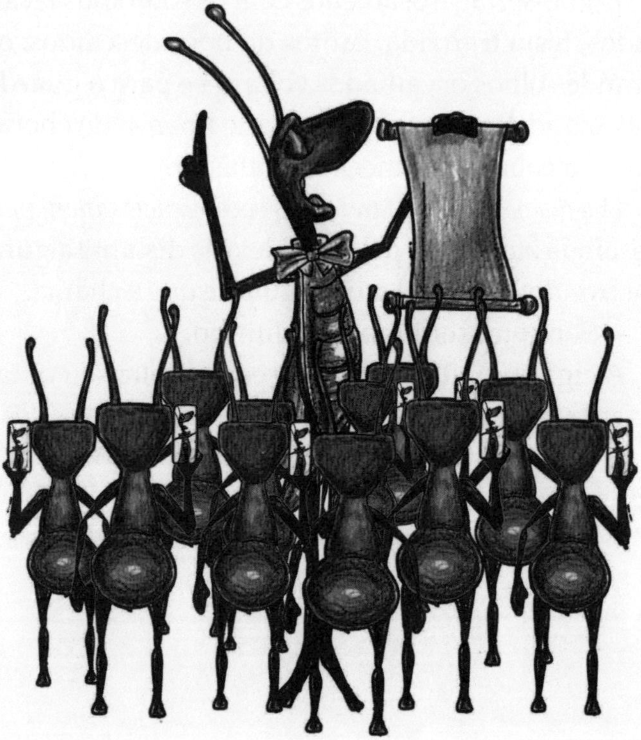

MEU CANTO ANUNCIA O VERÃO

As fábulas começam quase sempre assim. É envolvente esse "Era uma vez". Talvez esse início seja assim poético, pois teria sido a chave que deu partida nos motores dos aeroplanos que nos conduziram tantas vezes a voos no mundo dos sonhos — desde as primeiras e fantásticas viagens pelos cenários estrelados e coloridos do universo mítico e mágico. Talvez seja isso mesmo, mas não levemos isso em conta.

Era uma vez e ponto. Vamos imaginar que essa expressão nos conduza ao universo de uma personagem muito conhecida no mundo das fábulas: a cigarra.

Uma certa cigarra alegrava (alegrava?) todos os verões com seu canto (canto?). Façamos de conta que sim. Afinal de contas, uma velha canção brasileira dizia: *"Cantam na mata cigarras anunciando o verão..."*.

E as formigas, não muito aficionadas às artes, e mesmo as mais sisudas, revitalizavam-se ao ouvi-la. Façamos um pequeno esforço para acreditar nisso também.

Inebriadas com aquele canto produziam cinquenta por cento a mais nos campos, nas fábricas, nos escritórios, enfim, em todas as atividades econômicas do mundo das formigas, que enfrentavam, cheias de entusiasmo, as duras jornadas de trabalho. Façamos de conta que isso também é uma verdade.

Assim sonha a personagem principal deste conto.

Enquanto a cigarra canta, as formigas produzem. É verdade, entretanto, que entre elas existem também aquelas pouco inclinadas ao trabalho, as espertalhonas, mas isso não vem ao caso.

Tudo corre às mil maravilhas: sóis vivos e brilhantes, radiantes jornadas. Nem tudo, hein! Problemas com a inflexibilidade da moeda, excessivamente valorizada. E, em consequência, produção em queda, com destaque no ocorrido neste último verão.

De repente (... a natureza não obedece exatamente às divisões de calendário), um forte vento, úmido e frio, passa assobiando, fazendo balançar até as árvores mais frondosas, fazendo voar pelos ares materiais de plástico deixados pelas ruas, folhas, seixos etc. etc. Quase tudo voa — e tudo se modifica naquele país.

O frio pouco a pouco se intensifica. A neve despenca. Tudo parece uma pincelada de tintas brancas, e as paisagens, por todos os cantos, perdem a sua tonalidade verde. Todo mundo se recolhe. E, no grande e superlotado palácio das formigas, algumas se aquecem diante das lareiras, outras se enrolam nos cobertores, outras leem clássicos e assim por diante.

Como os trabalhos nos campos, nas indústrias, no comércio, nos serviços gerais foram todos interrompidos, resta apenas consumir o que já foi estocado. Nada de consumo supérfluo, somente o atendimento às necessidades primárias.

Assim os dias passam.

— Ah! Que saudades do canto da cigarra... — É o que se ouve por todos os lados.

— Pois é, nada nos resta se não esperar o próximo verão.

— Que tristeza! Isso não é vida.

O lamento é geral, sem fim. A única esperança é a volta aos dias quentes.

De repente, no meio daquela sinfônica lamúria em adágio, alguns sons rompem o ralentado ritmo do coro não ensaiado, em todas as dependências do subterrâneo castelo.

— Toc! Toc! Toc!

— Quem bate à porta? Quem será? — Essas expressões se repetem surdamente por todos os lados, como se fosse o rumor de uma rajada de vento. — Quem será, quem será?

E o "toc toc" se repete ainda mais, assim como se repetem expressões de curiosidade nos olhos arregalados e sobrancelhas elevadas. E uma grande massa se aglomera com olhares voltados para o hall de entrada. O cantochão, na verdade quase um chiado, continua sendo emitido pela massa.

Dentre aquelas vozes sopradas, uma voz forte e baritonal rompe aquele tom, mas mantém o adágio. Emite um som como se produzido pelo mais perfeito aparato eletrônico, audível por todos.

—Siiiiiiiiilêeeeeenciiiiiiiooooo! Abram a poooortaaaaasss.

Com todo o cuidado, a porta é aberta, sem impedir o vento gelado que entra no recinto e que fere os corpos como afiada navalha. Ao mesmo tempo, um pequeno grilo entra rapidamente no grande salão. Veste um sobretudo pesado e negro entreaberto, deixando visível por baixo elegante fraque igualmente negro. Na cabeça do minúsculo recém-chegado repousa uma cartola salpicada de pontinhos brancos.

Com igual rapidez, a porta é fechada para evitar o gelado golpe, enquanto ele, já com o sobretudo e cartola no braço esquerdo e um pergaminho na mão direita, dá mais alguns passos. Em seguida, dobra-se num gesto largo e demorado para o cumprimento:

— Excelentíssimos, ilustríssimos e gentilíssimos senhores e senhoras. Com todo respeito, tomei a liberdade de vir até aqui, a esta hora da noite, para, com muita honra, transmitir-lhes um importante comunicado.

Entrega o capote e a cartola a uma figura alta e séria, o mordomo, desenrola o pergaminho e começa a ler:

Sabedora dos improdutivos e parcos resultados deste último verão, ciente do pesadelo que representa este frágil ciclo econômico e financeiro a todas as senhoras e senhores, e inferindo, por tudo isso, as expectativas pessimistas a que este contexto conduz — ou seja, a impossibilidade de despender em necessidades não primárias —, a Excelentíssima senhora

> *cigarra declara: "Reexaminado meus budgets e forecasts, referentes ao período do verão precedente, e confrontando-os com os efetivos e concretos respectivos resultados, constatei a obtenção de excelentes lucros, notadamente em virtude das minhas grandes apresentações em todos os teatros do mundo. Posto isto, em face das infinitas possibilidades que me concede essa excelente situação financeira e econômica, informo a todos os habitantes do reino das formigas que continuarei cantando, gratuitamente, durante todo o inverno".*

A multidão não consegue se conter e explode de alegria, bradando "hip, hip, hurra" (um tanto antissemita, melhor seria "aleluia") diante do olhar circunspecto daquela grande figura de voz de barítono. A ela, porém, não parece agradar a postura de seus pares.

Com a algazarra, alguém — uma voz de tenorino, quase um contralto, que lembra o som agudo de um clarim afinado em sol menor — tenta acalmar a agitada afluência.

— Siiiiiiilêeeeeennnnziiiiiiiioooo!

A barulhada vai se apagando, pouco a pouco, até que, por fim, ouve-se o zumbido de bater de asas de uma mosca — sobrevivente da rigorosa baixa temperatura ou talvez já habitante do palácio antes da mudança de tempo. O impecável grilo, afastando o inseto com um balançar de mão, prossegue:

— Continuarei cantando na minha estação de TV.

— Que pena!

A exclamação é geral, novamente, interrompida agora pelo tom de voz refinado e conclusivo do minúsculo embaixador:

— E para que todos, senhoras e senhores, passem a assistir às minhas apresentações, a qualquer hora, resolvo presentear essa Egrégia Corte com a quantidade de *smart* TVs necessária para atender todos os cortesãos.

A festa então é completa. A balburdia é tal que, do lado de fora do palácio, a cigarra acorda em sobressalto de um breve cochilo. Mais alguns momentos naquele estado, e uma hipotermia a teria levado para o outro mundo.

Tremendo de frio, ela já não sabe mais para onde ir. Em sua mente ecoa a última frase de seu discriminador: *Agora baila*.

— Apolo, Apolo, ajuda-me, não te esqueças de mim. Insere-me no rol de teus protegidos. Lembra-te de que meu canto, como nenhum outro, anunciou o verão.

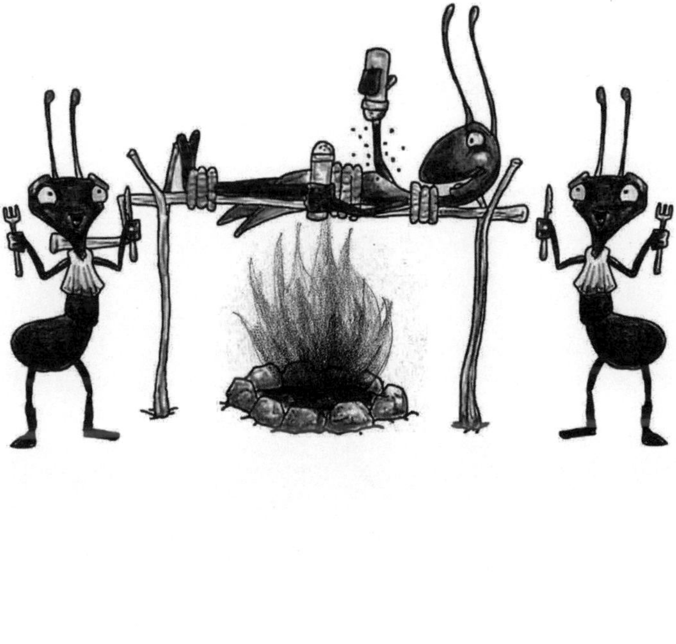

SINFONIA ESTRIDULANTE

Mais uma tentativa e mais uma vez a cigarra é chutada porta afora do Grande Palácio. "Não temos emprego para você. Rua!" Constatação que poderia ser evitada, não fosse sua ingênua insistência. Ela sabe que é discriminada.

Debilitada e esfomeada, dá alguns passos sem direção certa, afundando os pés no movediço tapete branco que envolveu todas as trilhas no derredor. Está tudo escuro. Tempo fechado. Não sabe se é ainda dia ou noite. Para, indecisa.

Experimenta mais uma caminhada ao léu. Sente-se ainda mais enfraquecida. O frio congela até seus ossos. Segue sem direção certa. Fugir? Como? Anestesiada pelo ar gélido, não tem mais capacidade de decisão. Não sabe se continua ou se volta. Voltar para onde?

Procura energia no mais profundo de seu ser, empurra seu corpo para dentro do imenso mar branco, mas suas pernas afundam de tal forma na grossa crosta que a mudança de passos se torna cada vez mais pesada. Cai. Levanta-se, tenta mais uma vez avançar, e cai.

Busca ainda mais energia, porém não consegue se levantar. Impotente para qualquer outro movimento, torna-se imóvel no chão macio.

Logo adormece sob a coberta branca que a envolve. Delira: *Misericórdia. Reconheço a minha culpa. Perdoa-me, meu Deus. Era o que eu sabia fazer. Cantar.* Sussurrada a oração, tudo se transforma à sua volta, como se tivesse sido tocado por uma vara mágica. Olha em derredor e um exército de anjos e arcanjos celestiais faz ecoar, por todo o universo, cânticos de glória. Um conjunto harmônico de vozes surge em meio a um cenário de cores celestiais, acompanhado por instrumentos que emitem sons jamais ouvidos, transcendentais. Indescritível é o aparato cênico e há poemas tão sublimes que códigos comuns não são suficientes para compreendê-los.

Um segundo depois, surge no alto dos céus uma estrela cadente, com incontáveis matizes coloridos. Matisse, o pintor francês rei das cores, se visse esse fenômeno, sentiria sua impotência para retratar tal gama de tons. Curiosamente, a fulgurante luminosidade do astro foca, como um *spotlight*, a cigarra, grande discriminada por La Fontaine.

Por um momento, aquela luz cega seus olhos. Seus batimentos cardíacos aceleram; parece que um inédito mal está prestes a atingir todo seu corpo. E, num instante, o oposto: passa a sentir uma profunda calma, enlevada pela celestial música que envolve a todos — ela, a cantora dos verões e os pastores que circulavam por perto, prontos para salvá-la daquele estado.

Como um verdadeiro convite para segui-la, a estrela cadente começa a se movimentar, travestida de um farol que abre um novo e desconhecido caminho para eles, pastores e cigarra.

E assim caminha ela, no encalço de seus oportunos protetores, que seguem na frente, todos guiados pelo facho luminoso que os direciona.

Enquanto avançam, ouvem uma voz que se dirige, particularmente, aos pastores, ainda atemorizados:

— Não temais, porque eis que vos trago novas de grande alegria, que será para todo o povo. Pois hoje, na cidade de Davi, vos nasceu o Salvador, que é Cristo, o Senhor. E isto vos será por sinal: achareis o menino envolto em panos e deitado numa manjedoura.

Após essas palavras, a incandescente figura aparece, acompanhada de multidão de soldados do exército celeste, que louva a Deus e proclama: "Glória a Deus no mais alto dos céus, e paz na terra aos seres...".

Exatamente nesse momento, o facho de luz se apaga e a cigarra ajoelha-se, murmurando:

— Então é isso... Que maravilha... Nasceu o Messias! Vou continuar seguindo meus novos amigos.

Os pastores, sem conseguir atenuar o palpitar acelerado de seus corações, continuam a caminhar segundo as intuições, estas geradas pela intervenção do anjo anunciador.

Caminham, sempre seguidos pela cigarra, até uma gruta, que revela sua profundidade, de onde vem uma luz resplandecente acompanhada de som ininterrupto — como um chamamento, mas estranhamente suave e hamonioso, e emitido por um shofar invisível, jamais ouvido na Terra. Atraídos pela luz e pelo som, avançam gruta adentro, cada vez mais encantados.

Após breve caminhada, chegam ao final da galeria, onde se deparam com uma cena resplandecente. Em um berço de palha improvisado, repousa um recém-nascido, atentamente vigiado por um casal ajoelhado: um homem adulto e uma jovem moça. Ao lado deles, repousa um boi e um burrinho.

— Como um ambiente tão pobre e singelo pode ser assim fantástico?! — suspira a cigarra.

Todos se ajoelham.

Até agora pensativo, o velho chefe dos pastores se volta aos companheiros e diz:

— A profecia de Isaías se concretizou:

— Um menino nos nasceu, um filho se nos deu; e o governo estará sobre os seus ombros; e o seu nome será Maravilhoso Conselheiro, Deus Forte, Pai Eterno, Príncipe da Paz.

Depois de citar Isaías, o pastor, velho de barbas longas e brancas, vestido também de branco, continua, apoiado em seu bastão, agora com suas próprias palavras:

— Que o Príncipe da Paz nos bendiga e nos proteja, bem como a todos aqueles comprometidos com a paz.

Quando a cigarra deita o seu olhar com mais atenção sobre o bebê, sente uma sinfonia estridulosa e contínua de mil cigarras a cantar por todos os cantos, que se espalha gruta afora. É um estridular tão melodioso que, penetrando nos ouvidos das gentes, gera um sentimento de paz e felicidade, cessando naquele momento qualquer litígio, antagonismo ou guerra em todo o mundo.

A discriminada estriduladora sente-se, pela primeira vez em sua vida, privilegiada e digna porque possui a importante capacidade de estridular. Mas, inesperadamente, tudo se anula, as luzes, os sons, os cânticos, o fantástico ambiente.

E somente resta, no mais profundo de sua alma, uma luz, a luz que não se apaga, a luz eterna. É a sua morte.

*

No dia seguinte, ocorre um fenômeno inesperado: um veranico envolve toda a floresta, derretendo a neve. É uma imprevista mudança na temperatura. Tudo muda.

Todos agora podem sair de suas casas e o fazem primeiramente de uma forma tímida, mas pouco a pouco sentem-se mais aquecidos com vontade de cantar, de dançar, como se já estivessem em plena primavera.

Ao meio-dia, tudo está em movimento. À tarde, um pouco antes do pôr do sol, um repentino silêncio. Tudo se interrompe.

Todos que estão na praça voltam seu olhar ao mesmo ponto: formigas transportam um esquife, rufando tambores em ritmo de marcha fúnebre.

— Olhem! Olhem! — exclamam por todos os lados.

— Paciência. É o fim de todos — diz o senhor de barbas longas e profundas rugas verticais na fronte.

O féretro desfila pela praça diante do povo ali presente que, sem exceção de ninguém, se cala; um deles tira o chapéu, num gesto cerimonioso e pausado, enquanto passa o cortejo.

O grupo de desfilantes, seguido pelo olhar da massa, continua marchando, rendendo uma suposta grande homenagem, com a máxima reverência; algumas pessoas, porém, por detrás do simulado respeito, escondem um malicioso sorriso.

Marcham até o fim da extensa rua que nasce naquele largo, quando então giram, um a um, até desaparecerem da visão dos demais ainda perplexos. Falecera a anunciante do verão.

Apenas tomada a nova rua, avançam ao palácio. E somem, duas a duas, até as últimas que, longe dos observadores, conversam animadamente, completando o decesso do batalhão. Tão logo entram, a mais longilínea diz à gorduchinha e baixota:

— Quem disse que a cigarra não serve pra nada?

— Na mosca. É um ótimo antepasto. Melhor seria comê-la assada na ceia de Natal — responde a redondinha, já com água na boca.

Fim

FONTE Book Antiqua, Broadsheet e Berlin Sans FB Demi
PAPEL Polén Bold 90g/m²
IMPRESSÃO Paym

FSC
www.fsc.org
MISTO
Papel produzido
a partir de
fontes responsáveis
FSC® C133282